VAMOS PENSAR UM POUCO?
Lições ilustradas com a Turma da Mônica

1ª. edição
15º. reimpressão

Dados Internacionais de Catalogação na Publicação (CIP)
(Câmara Brasileira do Livro, SP, Brasil)

Sousa, Mauricio de
  Vamos pensar um pouco?: lições ilustradas com a Turma da Mônica / Mauricio de Sousa, Mario Sergio Cortella. -- São Paulo : Cortez: Mauricio de Sousa Editora, 2017.

  ISBN: 978-85-249-2548-1

  1. Filosofia 2. Reflexões 3. Turma da Mônica (Personagens fictícios) I. Cortella, Mario Sergio. II. Título.

17-06821   CDD-100

Índices para catálogo sistemático:
1. Filosofia 100

Mauricio de Sousa – Mario Sergio Cortella

VAMOS PENSAR UM POUCO?
Lições ilustradas com a Turma da Mônica

Vamos pensar um pouco? Dá para notar que esse é convite muito diferente de *Vamos pensar pouco?* ...Esse *um* faz toda a diferença!

Pensar pouco é pensar de modo miúdo, rarefeito, pequeno, escasso; pensar pouco é abrir mão da nossa capacidade de não vivermos de modo automático, sem consciência clara e sem nitidez sobre os nossos porquês e nossos rumos. *Pensar um pouco*, por sua vez, é propositadamente dedicarmos algum tempo para refletir sobre certos temas e assuntos que nos ajudem a sermos mais decididos e cuidadosos com as escolhas que fazemos e as opiniões que manifestamos.

Por isso, as 35 lições que compõem este livro tratam de conteúdos que precisam, sim, ser pensados, com ensinamentos e aprendizados breves que deem partida para que, depois, procuremos ampliá-los por conta própria.

Na vida cada *um* faz toda a diferença, mas não basta ser apenas *um*; pensamos melhor quando pensamos em turma e, melhor ainda, acompanhados da Turma da Mônica, que nos anima a pensarmos mais, com persistência e alegria, com generosidade e liberdade, com inventividade e criatividade.

Esse é o principal motivo que juntou o desenhista (como o nosso genial Mauricio gosta de ser chamado), pai da turma, e um filósofo (como às vezes me chamam), fã da turma, fazendo com que a arte da ilustração e a arte da filosofia se encontrem para dialogar com quem acolhe o nosso convite.

Mario Sergio Cortella

Sumário

O saber que eleva! 8

Livre para mudar 10

Diversidade criativa 12

Perspectiva do tempo 14

Ensino é fundamental! 16

Excelência projetada 18

Medo de livro grande 20

Partilha do conhecimento 22

Crescimento por mérito 24

Concisão valorosa 26

Sabedoria estradeira 28

Falou tudo 30

Vida partilhada 32

Presente! 34

Futuro da casa 36

Só dá valor quando perde 38

Passo estratégico 40

Tempo para perturbação 42

Ignorância persistente 44

Cordão dos puxa-sacos 46

Mesma raiz, atitudes diferentes 48

Amizade verdadeira 50

Cautela responsável 52

Foco só em mim! 54

Miopia cívica 56

Pausa regenerativa 58

Ao nosso alcance 60

Querer sem fim 62

Tudo combinado? 64

Medo não é covardia 66

Pizza, só de massa 68

Recusa intolerável 70

Perfume do bem 72

Prova da habilidade 74

A vida que se leva 76

O saber que eleva!

Saber que não sabe tudo e querer saber mais, mesmo sabendo que nunca saberá tudo, é sinal de sabedoria! Sabedoria é a capacidade de elevar a si mesmo, de não se contentar com o patamar em que se está. Um sábio é aquele que recusa a mediocridade, que não se satisfaz em ficar num nível mediano nas coisas que faz, que quer fazer o melhor nas condições que tem enquanto não tem condições melhores para fazer melhor ainda.

Por isso, a elevação de si não é aquela em que alguém se coloca acima dos outros como expressão de superioridade; isso é uma postura arrogante, soberba. Elevar-se a si mesmo é estabelecer objetivos e afastar a acomodação em relação ao conhecimento e à competência; quem se acomoda e reduz as expectativas sobre a possibilidade de procurar a excelência termina por diminuir-se até beirar a insignificância.

A sabedoria não está em saber algo apenas e ali repousar, mas em procurar crescer, ir além de si, ampliar o próprio horizonte. A atitude que impulsiona para longe da mediocridade é a que pratica a ideia de "vou dar o melhor de mim" em vez de "fica bom assim, mesmo que mais ou menos"...

Livre para mudar

Algumas pessoas pensam que ter liberdade de pensamento é não mudar de opinião. Mas isso, na realidade, significa ficar sempre no mesmo caminho, na mesma direção. Costumam dizer: "Eu penso o que eu quero, não quero que ninguém mande na minha cabeça". Ora, ser razoável é diferente de ser submisso!

O imperador romano Marco Aurélio, filósofo do século II, autor da obra clássica *Meditações*, traduzida também como *Pensamentos*, diz: "Mudar de opinião e seguir quem te corrige é também o comportamento do homem livre".

Forte isso. Não é livre apenas aquele que pensa só com a própria cabeça o tempo todo do mesmo modo. Também é livre quem tem a capacidade de acatar aquilo que o orienta, que o coloca numa trajetória mais correta.

Ser capaz de mudar de opinião não é uma atitude que aprisiona; ao contrário, é algo que liberta. Existe uma diferença entre ser convicto e ser tacanho, que é continuar inflexível no jeito como pensa. Isso é tolice. Quando temos razões para alterar nosso modo de agir e pensar, a partir de argumentos que sejam fundamentados, é preciso fazê-lo.

Liberdade de pensamento permite alterar até mesmo a maneira como se pensava até então.

Diversidade criativa

Há um pensamento, sem autoria definida, que diz: "Existem quatro espécies de pessoas: as que sabem e sabem que sabem, são sábias, e podes consultá-las; as que sabem e não sabem que sabem, faze-as se lembrarem e ajuda-as a não esquecerem; as que não sabem que não sabem, ensina-as; e as que não sabem e proclamam que sabem, evita-as".

Quantas pessoas encontramos no nosso dia a dia que se encaixam em uma dessas formas de saber. Algumas têm de ser consultadas; outras, evitadas; outras, ensinadas; outras, ajudadas a se lembrar. Essa diversidade é extremamente presente na nossa convivência e, por isso, vale a pena ser observada.

O segredo da Vida é a biodiversidade, isto é, a multiplicidade infinda que a natureza encontra para continuar viva; essa multiplicidade da Vida amplia imensamente os repertórios de soluções para que não haja colapso. Dessa forma, a diversidade humana, a "antropodiversidade", é também a trilha para que não tenhamos redução de alternativas e saídas.

Quando precisamos encontrar uma rota ou resposta inédita, o melhor mesmo é proteger a diversidade das ideias e das opiniões, não para acharmos que vale qualquer ideia, mas sim para entendermos que não vale só a ideia que temos.

Perspectiva do tempo

Quando jovens, a nossa ideia de futuro é extremamente distante. Quando se tem 20 anos, falar de alguém com 50, 60 anos parece se tratar de algo muito longe. Quando se tem 60, 70 anos, a ideia de futuro é muito mais imediata; nesse tempo de vida, referir-se a alguém com mais idade é pensar uma diferença de dois ou três anos, um distanciamento não tão expressivo.

O filósofo alemão Arthur Schopenhauer (1788-1860), na sua obra *Aforismos*, deixou isso bem claro. Escreveu ele: "Vista pelos jovens, a vida é um futuro infinitamente longo, vista pelos velhos, um passado muito breve".

De fato, Schopenhauer está correto: quanto mais se tem vivência, mais parece que o passado ficou encurtado. E, ao olhar para trás, a gente gostaria de ter muito mais tempo pela frente do que esse passado, que parece que, quase num segundo, se foi.

A vida tem um encurtamento de percepção: quanto mais idade se tem, maior a sensação de que o tempo passa com mais velocidade; a causa principal (sem ser a única) é que aumenta muito o número das situações que vivenciamos, das obrigações e ocupações, fazendo com que nos sobre menos tempo liberado e comprimindo nossa sensação de duração.

Ensino é fundamental!

Nós, homens e mulheres, somos animais que não nascemos prontos. Nós precisamos ultrapassar alguns limites que a natureza nos coloca. Nós não nascemos com ferramentas e habilidades que nos permitam viver independentemente.

Aliás, entre os animais, nós temos a mais longa maturação de infância. Precisamos ser alimentados, higienizados, protegidos, cuidados por um tempo longo na nossa vida. Pelo menos até 5 ou 6 anos de idade, não ganhamos quase nenhuma autonomia, o que dá, na média hoje de vida, quase 10% de toda a nossa existência.

O escritor latino do século I conhecido como Plínio, o Velho, em sua obra clássica *História natural*, registrou: "O homem é o único animal que não aprende nada sem ser ensinado, não sabe falar, nem caminhar, nem comer, enfim, não sabe fazer nada no estado natural, a não ser chorar".

Nessa observação, Plínio lembra que já nascemos sabendo chorar; mais recentemente, alguns cientistas constataram que nós temos outros gestos automáticos, como procurar o seio para mamar ou fazer alguns movimentos em relação à visão, mas a formulação de Plínio tem veracidade: "O homem é o único animal que não aprende nada sem ser ensinado".

Para a nossa alegria, porém, quem não nasce sabendo pode aprender qualquer coisa...

Excelência projetada

Prolífico é aquilo que tem fertilidade, aquilo que vem em profusão. Uma das frases mais complicadas para ouvir, seja na escola, na empresa, na família, na gestão pública, é "não fiz mais do que a obrigação".

Existe um conceito muito forte para ser pensado em todas as áreas: o de excelência, que é aquilo que excede, que vai além, que ultrapassa. A própria palavra latina *excellens* tem esse sentido de elevação, de não ficar retido no ponto em que se estava. A pessoa que quer excelência entende que a obrigação é ponto de partida, não ponto de chegada. Não fazer mais do que a obrigação é ficar retido, ficar aprisionado.

As pessoas que nós admiramos na vida são aquelas que vão além da própria obrigação. E isso vale para qualquer atividade. Um garçom que nos serve bem não é aquele que apenas traz o que foi pedido – essa é a obrigação dele –, mas é aquele que excede, que vai além da obrigação, que indica um bom lugar, que dá boas sugestões do cardápio, que deixa o cliente satisfeito e com vontade de retornar ao restaurante.

Excelência é traçar um ponto para se chegar a um patamar mais elevado; obrigação é só o ponto de partida, e é dela que se parte para ir além.

Medo de livro grande

Muitas vezes, alunos e alunas têm o que a gente chama, na escola, de "medo do livro grande". Quando uma leitura é indicada, o primeiro questionamento – mesmo que não expresso por palavras, apenas pensado – é "será que esse livro é grande?". A leitura de um livro, colocada como tarefa, sempre parece que dará muito trabalho.

Esse é um comportamento curioso, porque quem gosta de literatura geralmente aprecia os livros maiores. Alguns de nós, aliás, temos tamanha alegria com um livro nas mãos que, quando nos aproximamos do final, reduzimos a velocidade de leitura para que aquela experiência não termine. Às vezes, faltam cinco ou seis páginas e começamos a demorar justamente para que aquela atividade se prolongue.

Vários de nós, especialmente na escola, fomos obrigados à leitura sem que antes tivéssemos sido seduzidos para aquele tipo de experiência. Era mais uma obrigação do que uma indicação de prazer, era mais uma forma de suplício do que uma aventura maravilhosa. Assim sendo, ficamos com esse medo do livro grande.

Um livro bom, um livro prazeroso, é aquele que, tendo mais páginas, nos agrada por mais tempo.

Partilha do conhecimento

A educação se dá na relação entre homens e mulheres em qualquer idade. Ninguém é só aluno, ninguém é só professor. Todas as pessoas são educadores e educadoras, seja qual for a faixa etária, porque todo mundo ensina algo a alguém, todo mundo aprende algo de alguém.

Alguns de nós nos dedicamos à atividade da educação escolar. Somos chamados de professores e professoras, o corpo docente, e há nessa atividade uma partilha cognitiva. Para nossa alegria, muita gente nos chama de "mestre", expressão que carrega um conteúdo afetivo e que também está conectada à ideia de "maestro", de "magistério". Ela tem origem no prefixo indo-europeu *mag*, que aparece em várias outras palavras: "magnífico", "magno", "magistrado", "magistratura", com o sentido daquilo que é mais elevado, aquilo que está num patamar alto.

Claro que essa compreensão de magistério, daquilo que é magno, que pode ser magnífico, não é uma percepção de estar acima. Mas quando alguém usa, com admiração, o termo "mestre" ou "mestra" está se referindo a uma pessoa que dedica parte de sua existência a partilhar conhecimento, a fazer crescer, a ajudar a cuidar e, acima de tudo, a estruturar relações de afeto.

Crescimento por mérito

Você provavelmente já observou alguma situação em que alguém quer diminuir outra pessoa para ver se cresce um pouco. O nome disso é preconceito, que, de maneira geral, tem uma dupla fonte.

A primeira é a ignorância. A pessoa não sabe do que está falando, não conhece, não refletiu sobre o que afirma, e aí, por absoluta ignorância, acaba emitindo alguma ideia ou fala preconceituosa.

A segunda fonte do preconceito é a covardia. É muito comum que a pessoa preconceituosa seja covarde, pois ela tem tanto medo de precisar se esforçar naquilo que faz para crescer que a melhor maneira de ela ficar maior é querer abaixar outra pessoa.

O preconceito aparece em relação à orientação sexual, à etnia, à prática religiosa, à origem. Ele se faz presente ou como forma de ignorância ou como covardia. Insisto muito nesse ponto, porque nenhum e nenhuma de nós é imune a ter percepções ou pensamentos preconceituosos; por isso, é preciso pensar sobre qual é a fonte desse preconceito. Se for desconhecimento, será preciso estudar para diminuí-lo. Se for fraqueza moral, no sentido de covardia, será preciso refletir melhor sobre as atitudes tomadas. Afinal, crescer rebaixando outras pessoas é indigno.

Concisão valorosa

Eu costumo guardar na memória situações marcantes na minha trajetória de mais de 40 anos como professor. Ou porque foram engraçadas ou porque foram demonstrações de extrema inteligência, ou ainda porque foram episódios de grande ousadia de jovens; ousadia tem de ser inteligente, para não virar imprudência ou negligência. Há, no entanto, uma história que não aconteceu comigo, mas que guardei por ser um exemplo de inteligência.

Segundo o relato, numa escola norte-americana de alto nível, um professor pediu aos alunos que, durante a prova, fizessem uma dissertação sobre o tema "coragem". Uma das alunas mal recebeu a folha de prova e nela algo escreveu. Levantou-se um minuto depois do início do exame e entregou ao professor a folha praticamente em branco. O professor leu aquelas poucas palavras e não teve dúvida em dar a nota máxima. Na dissertação sobre coragem, essa aluna havia escrito: "Coragem é isto!", e entregou a prova quase em branco para o professor.

Mais clareza e concisão, impossível, em uma situação inusitada que dependeu em grande medida, para não dar errado, do bom senso e humor docente.

Sabedoria estradeira

Há gente arrogante que, só por estar circunstancialmente numa posição de comando ou por ter algum poder, acha que é inatingível, inalcançável. Para pessoas assim, há uma frase de para-choque de caminhão bastante interessante: "Na subida 'cê' me aperta, na descida 'nóis' acerta".

De fato, há alguns na empresa, na família, na escola, nos governos, na convivência que, enquanto estão chegando a patamares superiores de comando, nos apertam. Mas esquecem que, em várias situações, é na descida – e essa descida acontece de vários modos – que vai se acertar aquele tipo de diferença.

Essa frase é um típico exemplo de sabedoria estradeira, aquela que nos leva do conhecimento popular a uma reflexão que pode ser trabalhada pela Filosofia, pela Psicologia, pela Sociologia. Nessa estrada da vida tem isto: "Na subida 'cê' me aperta, na descida 'nóis' acerta".

Nessa hora, vamos lembrando o que falavam algumas das nossas avós: "Não há mal que sempre dure nem bem que nunca se acabe", ou, em ditado popular pantaneiro e brincalhão, "deixa estar, jacaré, que a lagoa há de secar"...

Falou tudo

Certa vez, estava eu palestrando em um evento com muitos profissionais da área da enfermagem. Na hora do debate, uma enfermeira extremamente inteligente me fez a seguinte pergunta: "Professor, que comentário o senhor gostaria que fizessem a seu respeito no seu velório?".

Para quem é da área de Filosofia, que gosta de pensar adiante, essa é uma pergunta que leva a várias reflexões. E eu, claro, ainda meio impactado pela forte questão, fiz uma volta imensa de raciocínio, passando por grandes pensadores: Platão, Aristóteles, Heráclito, Parmênides, Pitágoras, Anaxágoras etc.

Quando eu terminei, quase oito minutos da longa exposição, virei-me para ela e devolvi a pergunta: "E você, o que você quer que falem sobre você no seu velório?". Ela, simplesmente, respondeu: "Eu gostaria que dissessem: 'Nossa, ela está se mexendo!'".

Essa ideia é de uma clareza absoluta. É claro que, com todo o volteio que fiz, fiquei arrasado numa resposta que, além de bem-humorada, indica um desejo que não tinha a ver com a minha (talvez desnecessária) argumentação de base filosófica, sendo muito mais sincera e simples.

Vida partilhada

Um dos desejos mais marcantes na nossa vida é que outras pessoas estivessem presentes em ocasiões especiais. Há momentos em que se tem tamanho prazer e alegria que não dá para aproveitá-los sozinho. Por exemplo, quando contemplamos um pôr do sol maravilhoso, quando uma borboleta magnífica cruza o nosso caminho, quando assistimos a uma apresentação magistral de um grupo de música, quando estamos em uma balada estupenda. É muito ruim estar sozinho nesses momentos.

Temos vontade de que alguém ali conosco estivesse. Claro que não é um alguém qualquer, é sempre alguém especial, com quem gostaríamos de partilhar aquela circunstância. Essa fruição nos traz a ideia de que a partilha é necessária.

O filósofo latino Sêneca, no século IV a.C., lembrava: "Nenhum bem sem um companheiro nos dá alegria".

Nem um belo pôr do sol, diria eu. Contemplar aquilo que nos anima, aquilo que nos alegra, sem ter com quem partilhar, acaba nos entristecendo. Bons momentos só são realmente bons quando podem ser partilhados com outra pessoa, e esse é um dos motivos pelos quais gostamos tanto de postar o que nos encanta ou nos espanta.

Presente!

Há momentos no ano, em datas que marcam a nossa história ou em festividades, em que trocamos presentes. E a própria palavra "presente" indica "aqui estou eu, estou presente". Essa ideia de presente significa "não se esqueça de mim, tenha comigo uma lembrança". Daí a ideia de "lembrancinha", a noção de uma memória que eu quero deixar para o outro, algo que faça com que ele se lembre de mim. "Estou presente" é a ideia também de lembrança.

Houve uma época em que se fazia isso com muito mais facilidade. As lembranças eram mais simples, os presentes eram menos sofisticados e a intenção era, de fato, marcar presença com algo que apenas indicasse o nosso afeto.

Em algumas famílias, sociedades e grupos, porém, se distorceu aquilo que seria apenas uma boa lembrança e se instalou quase uma competição para ver quem conseguia sufocar a outra pessoa com presentes que a espantassem, não necessariamente que a agradassem. E, portanto, aquilo que na simplicidade já foi um sinal de afeto ganhou ares de uma sofisticação que, em grande medida, é desnecessária, por ser um exagero desfigurador.

"Eis-me aqui", isso deveria bastar.

Futuro da casa

Nos momentos da vida em que pensamos nos novos tempos, vem a ideia de um futuro que seja menos agressivo, menos violento e menos destrutivo.

Uma palavra que vem se desgastando, mas que não pode sê-lo, é "ecologia". Esse vocábulo tem um radical grego antigo que é *oikos* (pronuncia-se também como *icos*), que é a ideia de "casa", de "lar". Ecologia é aquilo que cuida e estuda a nossa casa. Nosso lar, nossa casa como sendo nosso planeta, nossa terra, nosso meio ambiente.

Outra palavra que vem junto é "economia", *oikos* + *nomos*, que é a ideia de "regra", de "norma". Então, economia é aquilo que junta as regras da casa em que nós vivemos juntos para que a vida não se perca.

Por isso, num futuro a ser cuidado, a ecologia tem de ser um desejo concreto de ação: cuidar da nossa casa. E que casa é essa? Nosso ambiente, nossa comunidade, nossa cidade, nosso país, nosso planeta. Aquilo que nos abriga, que faz com que nós tenhamos condições de nele viver.

A nossa casa não pode, de maneira alguma, ficar apodrecendo ou ameaçar vir abaixo. Esse desejo de cuidar precisa nascer sincero e ser efetivo na prática.

Só dá valor quando perde

Vivemos uma contradição na vida: valorizar aquilo que temos a partir do momento em que deixamos de ter. A carência nos serve para dar apreço àquilo que se ausenta do nosso cotidiano.

Heráclito, filósofo grego do século VI a.C., famoso pela afirmação "A única coisa permanente é a mudança", registrou também uma ideia que nos ajuda a pensar sobre a ausência. Escreveu ele: "É a doença que torna a saúde agradável e boa, o mesmo faz a fome com a saciedade e o cansaço com o repouso".

Isto é, nós só percebemos o quanto a saúde é valiosa quando a doença se apresenta. Nós só apreciamos a saciedade quando a fome desponta. Nós só temos percepção da importância do repouso quando o cansaço nos toma.

Vale, sim, desenvolver a capacidade de, observando o que nos falta, valorizar aquilo que já temos. Isso se aplica ao afeto, ao trabalho, à amizade e à nossa convivência no dia a dia.

Afinal, só notar que faz falta depois que faltou é menos inteligente do que, por saber que pode faltar, tomar cautela para que não falte ou, ao faltar, que não seja perdido de vez, sem volta.

Passo estratégico

Quando mudamos algum plano ou desistimos de determinado caminho, algumas pessoas dizem: "Tá vendo? Não tinha clareza do que queria, não tinha determinação no que estava fazendo".

Algumas pessoas, de fato, persistem no que não devem, seja na carreira, no trabalho, na família, no casamento, na religião, apenas porque não querem voltar atrás. Isto é, entendem que qualquer forma de mudança ou de recuo seja uma expressão de covardia, de fuga.

Nessa hora, vale um conselho muito inteligente, que aparece em *Dom Quixote*, obra inestimável do escritor espanhol Miguel de Cervantes (1547-1616). Há nesse livro elementos absolutamente imprescindíveis para o pensamento de maneira geral, mas uma das passagens de que mais gosto é quando Cervantes registra a ideia de voltar atrás como uma estratégia: "Quem se retira não foge". E ele utiliza a expressão "retirar-se". Não está falando de escapar, nem de sair correndo, também não está falando de covardia.

Em algumas situações na vida, devemos tomar outra rota, não intempestivamente, mas de maneira pensada, refletida. Em ocasiões assim, é preciso saber retirar-se. Retirada essa que, como lembrou Cervantes, não é uma fuga, é só um passo estratégico para um próximo movimento.

Tempo para perturbação

Quando alguém acorda meio despropositado nas suas ações, inquieto, agitado no modo como fala, muita gente mais antiga diz que "esse acordou com a pá virada". E é curioso, porque existem registros, de mais de 400 anos, de "pá virada" como sinônimo de ociosidade, de não ter o que fazer.

Naquela época, a pá do pedreiro virada para baixo era sinal de que ela não estava sendo utilizada. Por isso, dizia-se que alguém com a pá virada estava desocupado. Significava hora de ócio ou de descanso. Aos poucos, essa expressão "pá virada" ganhou outro sentido, que é ter tempo para encrenca. A suposição é de que, ao encontrar alguém nesse estado, talvez se diria "tá tão desocupado de coisas mais sérias que resolveu encrenar com todo mundo"; também se costuma advertir: "Cabeça desocupada é oficina da maldade".

Dizer que alguém está com a pá virada seria equivalente a aconselhar: "Vá fazer alguma coisa útil, em vez de ficar aí perturbando, tirando a tranquilidade das pessoas".

É preciso sempre procurar jeitos de "desvirar essa pá", em vez de aguardar que a encrenca chegue.

Ignorância persistente

Tem gente que se recusa a sair das trevas em relação ao conhecimento. Uma das maneiras mais claras de explicitar isso é, por exemplo, chamar o dicionário de "pai dos burros", na suposição de que o ignorante é aquele que recorre ao dicionário. E é exatamente o inverso.

Não é casual que a gente repita com frequência "ignorante não é quem vai ao dicionário, é quem não vai ao dicionário de forma alguma". Persistir no desconhecimento, desejar ficar dentro da escuridão em vez de procurar ajuda para obter clareza, isso sim é ser ignorante. Quando vamos buscar algo no dicionário, mudamos uma situação para melhor.

O escritor paraibano José Lins do Rego (1901-1957), no seu livro *Poesia e vida*, de 1945, anotou: "Um dicionário deve ser um ser vivo, uma súmula da vida, mais um instrumento de aprendizagem que um objeto de luxo".

O dicionário não pode ser apenas uma obra guardada, não é um objeto de decoração, é um ser que pulsa saberes, uma ferramenta de conhecimento. A ignorância persistente é aquela que recusa os utensílios (o que nos é útil) para a aprendizagem. O ignorante, ao desejar persistir nessa condição, mais ignorante fica.

Cordão dos puxa-sacos

Há um tipo específico de elogio chamado bajulação. Aquele que é feito apesar de não haver tantas razões para tal. É chamado também de "puxa-saquismo", um termo que tem origem nas atividades da Marinha. Quando o oficial do navio descia, sempre algum subordinado carregava o saco de roupas, aquilo que hoje a gente chamaria de mochila.

É interessante porque a bajulação é aquela que, de maneira geral, chega a quem tem algum poder, que, por sua vez, se sente acima dos outros, se sente superior ao resto. A palavra "bajulação" veio do latim. Nos tempos de Otávio Augusto, primeiro imperador de Roma, *bajulus* era o nome dado ao carregador de objetos ou de pessoas.

Mais tarde, a expressão "bajular" no nosso idioma serviu para nomear o balanço do rabo do cachorro. Quando o cachorro encontra alguém a quem quer agradar, ele balança o rabo, e esse gesto é chamado bajulação.

Olha, existem pessoas por aí que, de tão dissimuladas ou fingidas, quando encontram alguém com poder, quase que as colocam nos braços ou saem por aí chacoalhando a cauda...

Mesma raiz, atitudes diferentes

A noção de brincadeira, o que chamamos de lúdico, é uma expressão derivada do latim *ludus* e tem seu sentido marcado pela inteligência. Tanto que um dos sinais de inteligência em muitos animais – entre eles nós, humanos – é a capacidade de brincar. A própria ciência usa a capacidade de brincar de vários animais como um avaliador do nível de operação de raciocínio e de diversão. Nesse sentido, a ideia de lúdico é positiva.

No entanto, junto com a palavra "lúdico", em português nós usamos outra, que tem origem semelhante, mas é muito negativa, que é "ludibriar". Ludibriar significa algo que não é o divertido, mas é aquilo que é zombaria, aquilo que produz o escárnio. Muita gente, na vida pública e na vida privada, procura ludibriar os outros, como se isso fosse até uma brincadeira. Não é o lúdico do divertido, não é o lúdico do encantamento, é o ludibriar como forma de enganar, como fazer com que algo indevido passe despercebido.

Essa é uma brincadeira malévola, que procura não o lúdico, mas o engano. A brincadeira negativa precisa ser deixada de fora, por não ser nada divertida.

Amizade verdadeira

Nós vivemos tempos em que há certa banalização da palavra "amigo". Nas redes sociais, é usual que se contabilize "eu tenho tantos amigos", como se a ideia de amizade pudesse ser tão superficial. Amizade implica convivência, mesmo que a distância, numa capacidade de doação e compreensão. E, por vezes até, requer algum gesto de recusa, porque um amigo ou uma amiga não é quem concorda sempre, mas quem discorda também, de modo a proteger a outra pessoa.

Com facilidade se chama de "amigo" ou "amiga" quem é, somente, um colega, uma conhecida, um parceiro momentâneo. Esse uso corriqueiro da palavra "amigo" precisa ser revisto, afinal de contas há um critério explícito para que se saiba se alguém, de fato, é amigo. Em uma compilação de provérbios, o clérigo inglês Thomas Fuller (1608-1661) registrou: "Homem nenhum pode ser feliz sem um amigo, nem pode estar certo desse amigo enquanto não for infeliz".

A frase é forte. Porque amizade é aquela que se prova também na intempérie, na hora da amargura, da encrenca e da necessidade, e não apenas nos momentos de alegria e comemoração.

Cautela responsável

Quem é responsável pela educação de crianças e jovens precisa ter o cuidado e a competência de formar personalidades éticas. O que se chama de personalidade ética? Aquela criança ou jovem que já age como uma pessoa decente, que não supõe que é dona de todos os direitos, que se conduz na vida da comunidade, da família, da escola como alguém capaz de interagir respeitando as regras de convivência saudável.

Nós precisamos de uma atenção mais forte aos tempos atuais, porque, por uma série de circunstâncias, uma parcela das crianças hoje faz uma confusão absolutamente perigosa, que é misturar desejos com direitos, isto é, "eu quero, você tem de me dar"; "eu queria, você deu, mas é pouco, eu quero mais".

Essa confusão entre desejos e direitos faz com que haja uma quebra dos padrões de convivência. Uma parcela de crianças e jovens se supõe hoje credores contínuos. Quem é um credor contínuo? Aquele que age como se o tempo todo os pais ou responsáveis estivessem em débito, estivessem devendo bens materiais, devendo atenção, devendo a realização de desejos.

Perigo! Essa ideia de um credor contínuo pode levar a um desvio de conduta ética, no qual a criança ou jovem, na idade que está e mais adiante, se suponha detentor de todos os direitos.

Foco só em mim!

Cabotina é aquela pessoa que faz referência a si mesma o tempo todo. Há controvérsias sobre a origem da palavra. No passado, cabotino, na linguagem do teatro, era aquele ator mais bufão, aquele que era bastante exagerado em cena e que acabava chamando mais atenção do que merecia.

E é curioso, porque essa expressão, hoje, seria chamada de marketing pessoal, a pessoa que é capaz de divulgar a si mesma. É até uma recomendação de muitos, no universo das empresas, que a pessoa seja capaz de fazer o próprio marketing.

Eu me lembro, desde criança, de uma questão levantada pelos mais idosos: "Por que a gente come ovo de galinha e não come de pata?". Afinal de contas, ovo de pata é muito maior e mais nutritivo. Mas a explicação que vinha a seguir era: "Porque pata não canta". A pata bota um ovo imenso, senta sobre ele e fica quietinha. A galinha faz um ovo que é um terço menor do que ovo da pata e sai cacarejando para todo lado, chamando atenção sobre algo que não é tão relevante se comparado ao que a pata foi capaz de fazer.

Marketing pessoal, como se diria hoje, já foi visto em outros tempos como autoelogio. Mas falar de si, de modo desmesurado, é cabotinismo.

Miopia cívica

A ilusão de ótica produz certo desvio do que estaria sendo visto. A palavra "miopia" tem origem no grego *myops*, que significa "fechar os olhos de leve". E quem tem algum grau de miopia costuma cerrar os olhos, comprimi-los de maneira sutil para ver se consegue maior precisão na visão. Outra parte do vocábulo é *ops*, que, em grego arcaico, é "olho". Daí derivam "óptica", "microscópio", "telescópio".

No campo cívico, a ideia de miopia aparece de outro modo. A gente tem de ficar de olho naquilo que é feito, ficar de olho naquilo que a gente deseja que não seja feito, ficar de olho no nosso próprio modo de conduta, ficar de olho naquilo que é o bem público. Afinal, o bem público não é aquele que não é de ninguém, mas sim aquele que é de todos, da coisa pública, da *res publica* (expressão que dá origem à palavra "república").

Pode ser que algumas pessoas tenham cansado de ficar de olho, porque acham até mesmo que isso não funciona, com olho cansado, presbiopia.

É preciso que nós cuidemos da nossa miopia cívica, que recusemos a ilusão de ótica nos campos da convivência, que é, concretamente, uma ilusão de ética, e que fiquemos de olho para não perder de vista a perspectiva de cuidar do bem público.

Pausa regenerativa

Quando a vida fica pesada, uma boa leitura é capaz de refrescar os dissabores. Quem gosta de ler sabe o quanto um bom livro consegue aliviar as nossas atribulações cotidianas. Essa ideia foi muito bem trabalhada pelo filósofo francês Montesquieu (1689-1755), um pensador que influenciou até a política contemporânea. É dele a estrutura de separação entre os três poderes, Executivo, Legislativo e Judiciário, no seu livro O *espírito das leis*, de 1748.

Montesquieu nos legou também uma frase que muitos partilham, eu entre eles. Disse: "O estudo tem sido, para mim, o remédio soberano contra os desgostos da vida. Nunca tive uma aflição que uma hora de leitura não tenha dissipado".

Veja que conceito atraente! Afinal de contas, quando a leitura é boa, nós abstraímos o que está à nossa volta, parece que o tempo fica meio suspenso, nós ficamos dentro de uma redoma que nos protege, e aquele tempo acalma um pouco a turbulência que a vida carrega.

Não é leitura como fuga, como escape frágil; é a leitura como agradável distanciamento momentâneo para repousar o espírito...

Ao nosso alcance

O filósofo francês René Descartes (1596-1650), em *As paixões da alma*, obra de 1649, escreveu: "Mas porque a maioria de nossos desejos se reporta a coisas que não dependem todas de nós nem todas do outro, devemos exatamente nelas distinguir o que só depende de nós, a fim de reportar nosso desejo unicamente a isso". O que quis dizer Descartes? De tudo aquilo pelo qual temos algum desejo – de ter, de acontecer, de fazer –, há coisas que dependem de nós e outras que dependem de outras pessoas.

Recomenda Descartes que coloquemos todo o nosso esforço em identificar aquilo que só depende de nós, porque, ao fazê-lo, nosso desejo ficará muito mais próximo de se tornar realidade. Em vez de aguardar que os outros façam o que precisa ser feito, se nos dedicarmos a fazer o que nos cabe fazer, o objetivo será realizado com muito mais facilidade. Parece uma obviedade, mas não é. É necessário identificar a fonte de realização para afastar uma eventual frustração quando algo desejado não acontece. Isto é, ir em direção àquilo que está ao nosso âmbito de ação é um passo significativo para alcançar o que almejamos.

Querer sem fim...

Quando alguém fica possuído por um desejo irresistível, pode ultrapassar os limites do bom senso e chegar à beira do desespero. Isso tem sido muito comum em relação a uma parte das crianças, alvo de vários estímulos externos. Há o mundo do querer: querer o brinquedo, querer a roupa, querer o calçado, querer isso, querer aquilo, querer, querer...

Invadida por apelos constantes, a criança não se contenta apenas com a propriedade de algum produto. Ela passa a ser guiada por uma lógica do consumo sem freio. Aquilo que a gente chama de "consumolatria", a adoração do consumo a qualquer custo.

Quem trabalhou isso de maneira bem consistente, só que em outra perspectiva, foi o filósofo francês Jean-Paul Sartre (1905-1980), vencedor do Nobel de Literatura de 1964. Em sua obra *O ser e o nada*, Sartre escreveu: "O desejo é uma conduta de enfeitiçamento". E às vezes se tem a sensação de que algumas pessoas, especialmente crianças, foram enfeitiçadas por um desejo desmesurado.

O que seria mais agradável na convivência da infância do que a possibilidade de brincar sem exagero, de fruir a vida livremente, de não ter nenhum tipo de obsessão que prejudique o desenvolvimento de uma mente sadia?

Tudo combinado?

Nós vemos com frequência assustadora notícias sobre patifarias e fraturas éticas geradas de combinações que desconhecíamos, feitas à nossa revelia. Quando vêm a público, nós pensamos: "Mas estava tudo combinado?". Sempre que uma esperteza é trazida à tona, há aquele questionamento: "Que jogada é essa, já tá tudo combinado?".

A expressão "combinar" significa "juntar dois", a mesma de "combinação", a partir de "binário". E ela fica muito perceptível quando observamos que alguns fazem disso quase um jogo, um conluio, um conchavo. A expressão "conchavo" está ligada à ideia de "trancar com chaves", "com claves", e até gerou uma expressão que algumas religiões usam, "conclave", que é trancar com claves; mas conchavo também tem esse sentido negativo, de combinação para a malfeitoria.

Em vários momentos, estão começando a vir à luz conchavos, conluios, essas combinações como atos de uma suposta esperteza feita às nossas costas. Então, vamos combinar? Pouco a pouco, essa "esperteza" necessita ser interrompida, e é nossa atenção permanente e ausência de omissão que vão permitir isso.

Medo não é covardia

Há gente que não assume a responsabilidade pelo que faz, que não admite que praticou algo indevido ou equivocado. Para gente com esse tipo de atitude, existe a expressão "covarde".

Covardia não significa presença do medo. Medo é um estado de alerta, covardia é a incapacidade de reagir ou a incapacidade de assumir a responsabilidade pelo ato praticado.

O termo "covarde" vem do francês antigo *coue*, que depois ganhou a variação *couard*. E deu origem a palavras em outros idiomas, como *coward*, em inglês, e *cobarde*, em espanhol. A origem da expressão é curiosa, porque *coue* é "cauda", e uma das demonstrações de covardia em outros animais é abaixar a cauda, ou, como se diz, "colocar o rabo entre as pernas". A palavra "covarde" tem o sentido de alguém que colocou o rabo entre as pernas, se rendeu ou fingiu não ter feito o que fez.

Nessa reflexão, vale retomar uma frase de Mahatma Gandhi (1869-1948): "O medo tem alguma utilidade, mas a covardia, não".

Qual a utilidade do medo? Ser um estado de alerta, proteger a integridade de alguém, manter a atenção para ter condição de se resguardar. Já a covardia, qual a utilidade dela? Nenhuma.

Pizza, só de massa

Nós criamos um hábito, nos 50 anos mais recentes, de dizer que um fato que teve um desdobramento indecente "acabou em pizza". A expressão se popularizou, em grande parte, por causa de episódios envolvendo corrupção e desvio de conduta. Para tudo aquilo que nos causa a percepção de impunidade – não só, mas especialmente na vida pública –, dizemos "ah, isso vai acabar em pizza". Nós precisamos recusar essa ideia como algo normal no nosso cotidiano.

Muita gente imagina que a palavra "pizza" tenha origem no italiano, mas curiosamente ela vem do germânico antigo, que depois veio a gerar o idioma alemão. No germânico antigo, *bizzo* significa "pedaço de pão". Depois, houve a migração da expressão *bizzo* para a Itália, onde se transformou em "pizza" e daí foi para o mundo todo.

Migrou para nós, também, para a área da política, mas basta de dizermos e admitirmos que "vai acabar em pizza". Nós temos de ser capazes de, coletivamente, dentro das instituições, de não aceitarmos que os maus "pizzaiolos" ganhem território.

O bom pizzaiolo, aquele que lida com o alimento, esse nós queremos sempre por perto; já a "pizza", que ganha sentido figurado por aqui, no sentido de malfeitoria, nós não podemos admitir no nosso cardápio e não dá mais para engolir.

Recusa intolerável

O poeta italiano Giacomo Leopardi (1798-1837) certa vez escreveu: "Nenhuma qualidade humana é mais intolerável na vida comum, nem é, com efeito, menos tolerada, que a intolerância".

A intolerância é a incapacidade de conviver com aquilo que é diferente, com um pensamento diferente, com uma religião diferente, com um modo de vida diferente, uma orientação sexual diferente. Nesse ponto, Giacomo Leopardi está certo: se há uma qualidade humana – qualidade aí entendida como característica – intolerável, é exatamente a intolerância.

Evidentemente, ele faz esse jogo de palavras para nos ajudar a pensar. Quem não tolera a intolerância está sendo intolerante do modo correto. Pois é aquela intolerância que não devemos admitir. Tem gente que fica aprisionada e acha que o único modo de ser humano é como ela já é, e não admite, não acolhe outras maneiras de ser humano, o que indica uma mente apequenada e uma incapacidade de enxergar para além de si mesmo e do modo como é.

Não dá mesmo para tolerar gente burramente intolerante!

Perfume do bem

Existem ações que empreendemos com intuito de fazer bem ao outro e que acabam nos fazendo bem também. Nós vivemos numa sociedade em que a ideia de reciprocidade benéfica é muito fragilizada. Quase sempre as pessoas têm as suas ações movidas por interesses que não almejam a reciprocidade, mas sim obter algum tipo de vantagem com o que fazem. Nessa hora, nós começamos a romper os nossos laços de convivência saudável. Afinal de contas, o benefício recíproco tem a ver com a ideia que os antigos chamavam de bondade.

Uma pessoa bondosa, aquela capaz de se doar, de estender a mão em direção a outra pessoa, hoje parece estranha. Alguns podem até chamá-la de otária ou de romântica em excesso, e isso nos faz mal, porque a percepção de uma vida mais bondosa é absolutamente necessária para não apodrecer o nosso futuro e a nossa esperança de uma vida que não seja descartável.

Por isso, eu gosto demais de um ditado chinês: "Fica sempre um pouco de perfume nas mãos de quem oferece flores". Pode parecer meloso, mas contém uma beleza imensa. Quem pratica um ato de benevolência, que beneficie outras pessoas, fica sempre com um pouco de perfume nas mãos.

Prova da habilidade

Em sua obra literária *Ensaios*, o filósofo inglês Francis Bacon (1561-1626) escreveu: "A leitura faz do homem um ser completo, a conversa faz dele um ser preparado, e a escrita o torna preciso".

Qual a intenção de Francis Bacon com essa sentença? A leitura faz de um homem um ser completo porque instrui, orienta e oferece um repertório de conhecimentos; impede que essa pessoa sofra de uma rarefação intelectual e se torne medíocre. A conversa faz de um homem um ser preparado porque demonstra aquilo que sabe e ele pode ter uma contraposição que vai permitir-lhe verificar se está certo ou não e, melhor ainda, incorporar ideias em que não houvera ainda pensado. Mas é a escrita que torna o homem ou a mulher precisos, porque esse tipo de comunicação requer clareza, exatidão, nitidez e, portanto, um nível de atenção e preparo para que a compreensão de quem nos lê aconteça sem tropeços ou armadilhas negativas.

Francis Bacon está certo: habilidade tem de ser provada, e a escrita prova a habilidade de um saber. Não é casual que ele tenha sido o grande inspirador da frase: "Saber é poder"!

A vida que se leva...

Boa parte dos pensadores latinos tinha a percepção de que a vida passa e nós por ela também passamos. Algumas pessoas passam de qualquer modo, outras passam pela vida de forma mais exuberante. São aquelas que não querem viver de modo banal, fútil, superficial.

Aparício Torelly (1895-1971), um grande escritor e jornalista gaúcho, que apelidou a si mesmo de Barão de Itararé, tem uma frase que gosto de reproduzir. Disse Torelly: "A única coisa que você leva da vida é a vida que você leva". Olha só.

Que vida levo eu? Que vida levas tu? Nós sabemos que, do ponto de vista da nossa condição biológica, algum dia terminaremos. Na tentativa de afastar a ideia de finitude, algumas pessoas dizem "se eu morrer...". Não existe "se". Essa condição é "quando".

Por isso, o que nos deve assustar não é o "quando", é o "como" vivemos esta vida, para que ela não seja desperdiçada, não seja consumida pelo egoísmo, pelo orgulho tolo, pela incapacidade de convivência, pela arrogância idiota, isto é, por tudo aquilo que torna uma vida trivial, vulgar, frívola, vazia.

Estúdios Mauricio de Sousa

Presidente: Mauricio de Sousa

Diretoria: Alice Keico Takeda, Mauro Takeda e Sousa, Mônica S. e Sousa

Mauricio de Sousa é membro da Academia Paulista de Letras (APL)

Diretora Executiva
Alice Keico Takeda

Direção de Arte
Wagner Bonilla

Diretor de Licenciamento
Rodrigo Paiva

Coordenadora Comercial
Tatiane Comlosi

Analista Comercial
Alexandra Paulista

Editor
Sidney Gusman

Revisão
Ivana Mello

Editor de Arte
Mauro Souza

Coordenação de Arte
Irene Dellega, Maria A. Rabello, Nilza Faustino

Produtora Editorial Jr.
Regiane Moreira

Desenho
Anderson Nunes

Cor
Marcelo Conquista, Mauro Souza

Designer Gráfico e Diagramação
Mariangela Saraiva Ferradás

Supervisão de Conteúdo
Marina Takeda e Sousa

Supervisão Geral
Mauricio de Sousa

EDITORA

Condomínio E-Business Park - Rua Werner Von Siemens, 111
Prédio 19 - Espaço 01 - Lapa de Baixo - São Paulo/SP
CEP: 05069-010 - TEL.: +55 11 3613-5000

© 2017 Mauricio de Sousa e Mauricio de Sousa Editora Ltda.
Todos os direitos reservados.
www.turmadamonica.com.br

VAMOS PENSAR UM POUCO?
Lições ilustradas com a Turma da Mônica
Mauricio de Sousa – Mario Sergio Cortella

Projeto Editorial
Elaine Nunes

Edição para o autor
Paulo Jeballi

Revisão
Ricardo Jensen

Editorial
Danilo A. Q. Morales

Nenhuma parte desta obra pode ser reproduzida ou duplicada sem autorização expressa dos autores e do editor.

© 2017 by autores

Rua Monte Alegre, 1074 – Perdizes - 05014-001 – São Paulo – SP
Tel. (55 11) 3864-0111
cortez@cortezeditora.com.br

Direitos de publicação desta edição no Brasil
para CORTEZ EDITORA
www.cortezeditora.com.br

Impresso no Brasil — junho de 2024